김성열 시집

소나기 지나간 자리

국립중앙도서관 출판시도서목록(CIP)

소나기 지나간 자리 : 김성열 시집 / 지은이: 김성열. — 서울 :
지구문학, 2011
  p. ;   cm

ISBN 978-89-89240-45-7 03810 : ₩10000

한국 현대시[韓國 現代詩]

811.6-KDC5
895.715-DDC21   CIP2011005145

소나기 지나간 자리

김성열 시집

지구문학

시인의 말

세상 밖으로 떠나보내야 할 말들을 모아
가다듬고 어루만지고서야
돌아오지 못할 길로 떠나보낸다.

세상사 돌아보면 고마움이 태산처럼 높고
감사해야 할 일들이 강을 이루어
굽이굽이 돌아가 나누어야 할 빚이기에
나를 지키려고 글을 쓴다.

곡절 많은 여정에
가슴 시리도록 묻어두었던
감회어린 추억을 만들고 싶었다.

이제 떠난 자리에
새로운 희망의 싹이 움트도록
가슴 깊이 숨어 있는 꿈을 찾아
한 걸음 한 걸음
가깝고도 먼 인생을 달린다.

가자 나의 청춘아!

2011년 겨울의 문턱에서

김 성 열

차례

1부 | 구름 따라 흐르는 강

2부 | 세 바퀴 내 인생

차례

3부 | 살다가 살다가

4부 | 세월이 흐르고

차례

5부 | 쉬었다 가세요

1^부
구름 따라 흐르는 강

구름 따라 흐르는 강

구름이 휘어 감도는
갈대숲길 따라
파르란 하늘 이고
내 마음 깊은 곳
강물 되어 흐른다

언제부터인가
주저리 긴 세월
나그네 발길처럼
흐르고 흘러
희망이 되고

어려운 사랑 하나
무리 속에
짊어지고 껴안은 채
먼 길 찾는
외로운 강물이 된다

무지개 빛깔
고운 꿈 찾아

떠나가는 용틀임
먹먹한 시린 사연
묻어두고 간 자리

굽이굽이
돌고 돌아선
하늘이 양심이고
사랑으로 잉태된 나눔
누군가에게 정情이 되어 흐른다

저녁노을

세월 앞에
불꽃을 토해내는
겁 없는 석양

정염의 놀에
스멀스멀
흠뻑 젖어 버렸네

저 하늘 불길
오르락내리락
타오르고 또 오르네

언제까지 타려나
아프고 시리도록
파고드는 정열

스쳐 지나가는 발길
오! 나의 사랑
타오르는 내 청춘

검붉은 저녁놀
내 마음 깊은 곳에
꿈틀대며 타오르네

아카시아 향기

움찔대던 새싹
용틀임하더니
은은한 향기로
온 산을 휘감는다

흘러오는 꽃향기에
나도 모르게
흠뻑 젖어 버렸네

영혼을 풀어서
마음을 화장하니
아카시아 꽃향기가
콧잔등에 내려앉아
가던 발길 막는다

야릇한 마음이
산하를 품고
왠지 모를 헛헛함에
기울어만 가는 인생길
향기어린 추억을 남기네

흔적

그대 남기지 않으려
말 못하고
떠나 버렸다지만
여기저기 남은 흔적
온몸으로 다가오네요

철 지난 달력 한 장
보듬어 안으며
방바닥 가득 흩뿌려진
아쉬운 기억들
창밖 달빛에
추억이란 이름으로
걸어두었습니다

당신,
흔적으로
언젠가 돌아오신다면
고운 기억
찻잔의 향기 속에
고이고이 묻었다가
함께 음미하리다

지평선 넘어

가도 가도 끝이 없는
평원의 경계 너머에
어둠이 내리고

석양 아래
고향 찾아 떠나는
갈 길 바쁜 철새와
동행하는 지평선

먼 산 가장자리
어둠이 내려앉아
고향 하늘 가리지만

고개 마루 트는 먼동이
바람 일궈 숲을 흔드니
새들의 합창으로
열리는 지평선

늘 푸르고 고운
행복한 마음을 열어

세상사 인연으로 엮고

밀어주고 끌어주며
더불어 사는 인생
지평선 너머로
들려오는 행복의 소리

조약돌

무심한 세월이
흘러간 자리
곱디고운 맘으로
씻기고 구르다
아름다운 미소 하나
잉태하고 말았네

모난 세상 앞에
찬찬히
돌고 돌아가라
무언으로 일러주다
매끄러운 몸매를
훔치고 말았네

절망 속에서도
부여잡을 수 있는
슬픔이 있기에
어디론가
흘러가는 인생길에
마음을 비워 버렸네

세파에 지친
영혼을 깨워
무심한 세월 속에
묻어둔
조약돌 사랑
진정한 행복을 얻었네

경계

어제 같은 오늘 새벽이 있고
내일 같은 깊은 밤이 있다
어제와 오늘이 하나 같은
시간의 연속성
흘러가는 사이에도 경계가 있다

어제는 한여름 같은 봄이더니
오늘은 옷깃을 여미는
스산한 바람에 마음 조리고
어제와 오늘이 육신으로 다가와
하루하루 변해 간다

정열적인 모습은
사진 속에 퇴색하고
가슴 아픈 시간은
영상처럼 떠올라
젊은 날을
애써 회상하며
다가오는 인생경계를 즐긴다

백일홍 인생

떠나간 님 그리워
장독대 정안수로
백일기도 드리우고
못 나눈 정 이으며
피고 지고 피고 지고
기다리는 인생

백일을 붉게 피워
소망을 말해 놓고
후회하는 시련
참회의 눈물로
하나둘 무상함을
알아가는 인생

꽃보다 아름다운
곱게 물든 사연
소담한 산천은
나를 보고 오라 하니
인생만사 백일홍
욕심을 버리자

바위절벽

바위틈 끝자락
아슬한 잔솔가지
종달새 한 쌍 노닐고
봄볕에
해맑은 하늘 열리는
경이로운 雲海

절벽 끝에 매달린
이름 모를 꽃 한 송이
아슬아슬 내 심장
놀라운 생명력으로
다시 태어나는
고뇌하는 삶

싱싱한 바람
일렁이는 풍파에
한없는 정열로
까마득히 높은 위상
꿈으로 넘어서려는
나를 사랑하게 하소서

산기슭

숲속
무심코 부는 바람

나뭇가지 사이로
음유하고
색 바랜
무거움이 내려앉은
헐은 옷을 벗고
알몸으로 살아간다

산기슭
추풍낙엽
겹겹이 쌓이는 사이
침묵으로 사연 묻고
깊어가는 가을밤
달무리 아래
부엉이 울음소리에
그만
나뭇가지 몸살을 앓는다

태생

生은
탯줄로 잉태되고
먼 길 떠나
험한 세상 살아가는
새끼들의 안부를 물어
이어가는 인연의 끈

입맛 따라
줄줄이 매달린
속세의 끈을 잡고
마음 속 고향 찾아
배꼽으로 중심 잡고
사는 인생

팔다리 저리도록
生을 흔들고
뼛속 깊숙이 파고드는
겨울 문턱 찬바람 속에서
서리가 내리고서야
마음 비우네

늦봄

봄의 끝자락
여름 가까운 날에

텃밭 가장자리
마늘 꽁다리
부지런히 고개를 내밀고

초록이 물들어 숲이 우거지고
젊음의 기운이 솟는다

늦은 봄
이른 여름

신록 앞에 그리움이 샘솟아
시냇물처럼 흐르고

늦봄의 햇살 아래
나뭇잎이 수군대고
마음엔 산들바람이 분다

눈 덮인 산하

밤새
소리 없이 내린 눈

세상
비웃음거리
온통 새하얗게 덮고
오만하고 화려했던 산하
애증의 침묵으로 지켜본다

눈 덮인
하얀 순백의 낙원

마음 속
깊은 자리
어지러운 마음을 비우고
신선한 충격으로
공허한 세상을 바라본다

포근히
감싸 안은 산하

새하얀 눈처럼
모든 생각이 새로워지고
빈 곳을 채워 주는
독백으로
흘러가는 구름이고 싶다

낡은 벤치의 회상回想

어깨동무로
속삭이던
지고지순한 미소 사이

서로를 포옹하며
끌어안고 주저앉아
늘어진 긴 오후
바람 따라 찾아온
심신의 안식처

그대 빈자리에
지친 몸을 기댄다

세월의
모진 풍화에 버려진
낡은 벤치

가슴 아픈 부족함을
시리도록 회상하고
봄, 여름, 가을, 겨울,

하염없이
기다린 보금자리

햇살에 웃고 비바람에 울며
첫 사랑을 그리워한다

소나기 지나간 자리

숨 막히도록 짓누르는 오후
검은 구름이 몰려와
한바탕 뒤흔들고 지나간
고요의 산천

촉촉하게 머금은 숲속
나뭇잎이 옷깃을 여미고
침묵으로 기다리던
부산한 산새들의 몸짓

쉬엄쉬엄 목을 축이고
인생사를 얘기하며
무더운 길 넘어가는
능수버들 십리

소나기 지나간 자리
굴뚝연기에 사라진
희뿌연 기억들을 되돌려
어디론가 재촉하는 발길

침묵으로
땅거미 내려앉은 산마루
구름 따라 꿈을 찾아
주저할 수 없는 방랑자

가을예찬

드높은 창공
갈바람에 익는 오곡
이슬 머금고
굵디굵은 가실 먹을거리

마음으로 온기 느껴지는
들판의 행복한 허수아비
향기로
다가오는 촌부

사랑 보듬어
깊은 상처
세월 속에 묻어두고
배웅 나온 단풍에
영글어가는 가을

먼 길
떠날 채비로
가까이 다가선
겨울맞이 님 마중

2부

세 바퀴 내 인생

꿈결

이고 지고
꿈 같은 세월 속에
피고 지던 청춘들이
하나둘씩 그리움으로
진한 가슴 속에
돌고 돌아온 향기

가슴 시린 감동
꿈에서라도 채우고
손에 잡힐 듯
가까운 지척에서
그대 숨소리 들으며
미소 속에 마주한 풍경

거친 모습으로 태어나
물결처럼 사라진 꿈
생명력을 불어넣고
정열의 밤을 지나
태어난 어슴 새벽
꿈결

자전거 인생

밟혀야 신나는 인생
더욱 힘차게 밟히기를
간절히 소망하는 동그라미

소슬바람 가르며
인생의 굴곡진
모퉁이 사이로 그려진 풍경

균형 잡힌 몸매에
인생길 따라
달리는 노신사

돌고 또 돌아
제자리 찾기를 바라는
우리들의 로망

막내

반듯하게
다져진
신작로 길을 따라
어깨를
들썩이며
한 달음에
달려오는 막내

무엇이 그리
신나는지
함박꽃
웃음 지으면
목덜미에
흐르는
땀방울도 어여쁜 막내

정구지 밭
모퉁이
나물 캐는
엄니에게

건성으로
인사해도
귀엽기만 한
개구쟁이 막내

봄이 오는 소리

봄바람에
땅이 일어서니
내 마음도
기쁨으로
일어서야지

땅 기운에
꽃망울이 열리니
내 마음도
봄비에 젖어
열어 둬야지

꽃잎에 너울대는
나비 한 마리
봄이 오는 길목에
님 마중으로
나서 봐야지

거북이 등딱지

무뎌진
세월 풍파에
겹겹이
높아만 가는
근심걱정
거북이 등딱지

인동초
꽃 피우려
한나절 쉼도
사치스러워
미련 없이
달려온 시간

어제도
오늘도
내일도
쌓여만 가는
인생역경
거북이 등딱지

망아지

온 세상
얼어붙은 산야山野
봄이 오기도 전에
마당을 쓸고 다니는 동심

장날에 사온
망아지 한 마리

새벽 아침
눈 비비고 일어나
하루 종일 자라는 소리
옹알옹알

곱게 물든
누렁이 소

추억 어린
감동이 피어나고
세월은 송아지 발길질처럼
지나가는 청춘

3월의 햇살

봄볕 가리개
창 너른 모자를 쓰고
들녘
경사진 밭이랑 따라
아슬아슬
곡예하는 아낙네

자그마한 체구
야윈 어깨
힘겨운
몸짓으로
언덕길을 로프처럼
타고 넘는
촌로村老

3월의
햇살 아래
눈물이 볼을 타고
흐르고 흐르다 보면
언젠가
마음 밭을 벗어나겠지

용서

번뇌의 시간
마음의
문이 열리고
고통이 애를 끊고
후회는 불태워진다

어느 날
피 토하듯 뿌린
절규가
한이 되어
흔적으로 남은 번민

진한 감동 속에
이해가 있고
끈적한 추억 속에
회상으로
되새김질하는 용서

입산

청초한 하늘에
구름 한 조각
새 한 마리 노니는
구릉 너머
야트막한 동산

고단한
삶의 무게
이름 모를
꽃 봉오리에
살포시 내려놓는 마음

내려오는
길가에
한 점 두 점
비운 마음 속에
채워지는 웃음

망부석

모난 세상
일파만파一波萬波
풍화에 다듬어진
빼어난 용모

인고의 시간을 지나
영겁永劫의 보석으로
빛나는 품격

한 맺힌
기다림으로
서서히 다가오는
인고忍苦의 결정체

잔잔한 파고 속에
봄눈 녹듯
다가오는
작은 소망 하나

동행

얼어 죽은 듯
미동 없이 고개 숙인
삭은 가지마다
연둣빛으로
벅차게 오르는
새순맞이 동행

언 발을 녹이며
총총 뛰던 새들과
호랑나비의
미미한
움직임으로
다가선 동행

싱그러운 풋 향기에
근심은 내려놓고
콧노래나
휘파람을
나누며 걷는
아름다운 동행

공간

틈바구니에
홀씨 하나 날아들어
잉태된 개념

상실한 공기 사이
공허함 채워 주는
행복 가득한 허상

사이사이
동석의 인연 되어
만끽하는 만찬

시공간 초월하여
마주하는 세상사
다시 보는 회상

세 바퀴 내 인생

두루뭉실
구름 사이로
보이는 파란 채색
유채화 수놓은
꽃길 따라 가는
어린 동심

뭉게구름 따라
숨 가쁘게 달려가는
인생열차
정열의 밤을
뜬눈으로 지새우는
지고지순한 청춘

산들바람이
눈썹을 스쳐
일렁이는 황혼
언젠가 떠나갈
미련 없는
세 바퀴 내 인생

풋사랑

가슴 조리며
다가오는
풋풋한 순수의
솜털 같은
그 여린 시절

젊음으로 피어난
열정의 순간
표정으로
발산하는
그 시절 그 노래

어설프게
멋있는
사랑고백이
커피 향 따라
흐르는 풋사랑

눈물

어눌한 가을날
길가의 울림통 속에서
잔잔하게
흘러 나오는 화음

라디오
배경음악에
가슴 시리도록
서러운 목소리

아픈 기억을
함께하지 못해
눈시울 붉어지도록
다가서는 초심

샘물이 솟고
울고 웃어
용안 가득한
위안의 행복한 선물

세상살이

세상을 탓하고 싶거든
부서지는 파도 속에
내가 있다 생각하라
모진 풍랑 속에
세상 사람들과 부딪히며
낮은 곳으로 임하는 파고가 있다

하얗게 부서지고 깨져도
잔잔하게 자리잡은 수평선이
나의 미래라 생각하라
어둡고 막막한 여정 속에
좋은 인연들과 정을 나누면
자신을 밝히는 등불이 된다

포기하고 싶거든
어떤 것을 가졌는지
어떻게 가졌는지를 생각해라
저 멀리 가물거리는 바위도
세월의 모진 풍파 홀로 견디어
아름다운 자태로 솟아 있는 것이다

3부

살다가 살다가

봄날

자욱한 안개
운무雲霧의 산길 따라
고즈넉한
구릉丘陵이 펼쳐지고
물방울 머금은
연록軟綠색 잎새는
푸르름으로 살찌는 봄

화창한 봄날
라일락 꽃향기가
보랏빛으로
가슴을 파고들고
한눈에 들어오는
이름 모를 들꽃들이
하늘 위로 날리는 봄날

쑥부쟁이

솜털 잔잔한
줄기 사이로
쑥잎이
고개를 내밀더니
머리에는
국화꽃을 이고
여름 한낮의
불어오는
들바람 앞에 선
쑥부쟁이

가녀린
순정으로
기다림에 지친
세월 속에
들꽃처럼
살다가
갓털이 날리고
하루 햇살이
고개를 넘는
쑥부쟁이

가고 싶네

부르는 이가 없어도
소식도 없이
들꽃 향기 흩날리는
그곳으로 가고 싶네

모닥불 피워 놓고
지나간 풀잎사랑
못 다한 연민으로
친구에게 들려주네

그곳으로 가고파
뜬눈으로 밤새워
몽롱한 시선으로
어슴프레 다가서네

꿈 같은 고향이
반나절 지척인데
가벼운 마음으로
다가서고 싶네

소나기

정오를 넘기고
후두둑 뚝 뚝
소낙비가 내린다

토란잎에 가려진
어둠 속 청개구리
놀란 눈망울로
가쁜 숨을 몰아쉰다

소나기 훑고 간
따가운 시선에도
빗방울은 청초하다

먼 산 언저리
들판을 가로질러
무지개가 걸려 있다

우물가 장독대

장독대 위에
핀 서리가
마지막 잎새를 울리고

초겨울
그늘처럼 도사리고 있던
가슴 벅찬 슬픔이
운무 위로 퍼져
흰 서리 기약 없는 머리칼

혼자만이
세월을 잡아둔
피 끓는 청춘이
이젠 하얗게
귓가에 내리어

부질없던 미련과
세상의 고독함을
쓸쓸히 접어 버리고
먼 길을 돌아
고향으로 간다

개똥벌레

동네 어귀
한적한 길모퉁이
이슬 내려앉아
반갑게 인사하던 달맞이꽃

어둠 내린 별빛 하늘엔
미인의 눈썹처럼
가녀린 그믐달이
하얀 웃음 지어 보이고

그대를 위해
유난히 빛나는
새벽별 하나와
반딧불이 인사하네

들꽃사랑

고된 여행의 끝자락
한적한 길모퉁이
그림자처럼 내려앉아
이름 모를 향기를 흘리며
무소유로 다가온 사랑
들꽃사랑

자연의 마음으로
더 낮은 곳에서
더 높은 곳을 향하여
민초의 마음 달래려고
숨죽이며 다가온 사랑
들꽃사랑

속 깊은 천성으로 태어나
세상에 지친 마음
미련 없이 내어주고
가슴으로 끌어안아
행복으로 다가온 사랑
들꽃사랑

세파에 시달리고
비바람에 쓰러져도
흙의 사랑으로
뿌리가 잉태되어
소박한 얼굴로 다가온 사랑
들꽃사랑

풀잎사랑

산과 들판의
흙 향기에 풀이 자라고
풀 향기에 꽃이 피네

풀피리 불며
재 넘어 고향집에
돌아가는 길

고추잠자리
님 마중으로
신나는 콧노래 소리

풀잎 위에
이슬 같은 사랑
나의 사랑 찾아
먼 길을 돌아서 가네

간이역 · 1

언덕배기 미루나무
기적소리 놀라
소스라칩니다
덜컹덜컹
사연을 흘리며 떠나가는
기차를 보고

더도 말고 덜도 말고
그 시간 그 자리에
전해 주는 사연 하나
플랫폼에 떨어뜨리고
돌아서는 기차

길 떠나가 버린
그대 생각에
기다림의 상처로
귓가에 맴도는
기차의 기적소리

간이역 · 2

미루나무 길 따라
늘어선 철로 위로
한 폭의 풍경화가 펼쳐지고

눈감은 영감靈感 속에
지나간 추억이
파노라마처럼 다가온 간이역

아무도 오지 않는
공허한 대합실에
비에 젖은 지친 마음을 기대고

인적마저 끊기어
기적소리마저 젖어 버린
비 오는 간이역

완행열차 타고
그리운 사람 찾아
낯선 여행을 떠나고

기다림에 지친
노파의 마음을 안고
돌아온 간이역

계절의 여왕

어두운 밤
유난히 빛을 뿌리는
달빛 미소로
포근하게 다가오는 오월

여린 가슴 속
환한 꽃 봉오리
내 마음 속으로
소록소록 내려오는 오월

투명한 하늘
무한정 솟아오르는
삶의 향수로
추억 되어 돌아오는 오월

다정한 벗들
굽이굽이 돌아서
유혹하는 님으로
향기 되어 찾아오는 오월

새로운 설레임
마음이 별빛 되어
오월 가득 봄의 향기로
메아리 되어 돌아오는 오월

넝쿨장미

탐스럽고 소박하게
담장 너머로
고개를 내밀고
바람결에 머리를 흔들어
흘리는 장미향기

부둥켜안고 안기어
서로의 존재를
뽐내는 가지들
저마다의 잎새로
북새통을 이루는 장미

고요한 동네
한적한 양지 뜰에
살포시 향수를 내려놓고
더 넓은 세상으로
떠나는 넝쿨장미

희망의 속삭임
상큼한 유혹으로

무뎌진 심신을 달래어
천사의 웃음소리로
노래하는 붉은 장미

외딴섬

눈이 시린 바다를 가르며
지나간 뱃길 따라
굴곡진 굴레처럼
거품으로 쓸어내리는
삶의 무게

미소 한 웅큼 챙기며
하염없이 좋은 날에
노래하는 갈매기
빛나는 조약돌이
반겨주는 외딴섬

수없는 마주침 속에
마음으로 대화하는
한 점 구름과
한 마리 새이고 싶은
고독한 방랑자

고달픈 세월 속에
쉬어가는 인생살이

작은 여유라도 챙기며
넉넉한 마음 품으러
떠나는 외딴섬

패랭이꽃

패랭이꽃
귀여운 꽃송이가 잔잔하다

구름 패랭이
머리 풀어 헤친
해바라기 연정
그리움이 영嶺을 넘고

각시패랭이
삐죽이 단장하고
하늘거리는 입술로
눈 흘기고 있네

난쟁이패랭이
땅바닥에 엎드려
바람 따라가는 길가
꽃향기를 흘리고

술패랭이
나비를 유혹하는

홍자색 자태로
짝사랑 흠모하네

사철패랭이
시냇물 소리에
귀도 즐거워 상쾌하고
꽃빛 닮은 하늘이 청명하니

패랭이꽃
피어오른 봉오리가 청초하다

살다가 살다가

살다가 살다가
생각지도 못한 기쁨이
내게 주어진다면
회오리 가슴을 적시어
한 시름 덜게 하시고
기쁨은 영원할 수 없으니
내게 주어진 기쁨이
남에게 슬픔이 되지 않게
나누어 주소서

살다가 살다가
파도처럼 부딪친 슬픔으로
가슴 시리도록 고독하지 않게 하시고
슬픔은 영원할 수 없으니
내게 주어진 슬픔이
남에게 성숙의 밀알로
잉태되게 하소서

살다가 살다가
운명처럼 다가온 시련으로

고통 속에 포기하지 않게 하시고
시련이 오래 머물지 않으니
내게 주어진 아픔이
남에게 행복의 시작으로
불씨 되게 하소서

살다가 살다가
인연으로 만나 실망과 배신으로
깊은 상처 가슴에 남지 않게 하시고
가슴 아픔은 언젠가 떠날 것이니
내게 주었던 당신의 사랑이
남에게 처음처럼
초심으로 살게 하소서

찔레꽃

무르익어가는 봄
나비들 어서 오라
허공에 손짓하는
개울가 찔레꽃

산골짜기 굽이굽이
지천을 떠돌며
소녀의 애타는 마음
연분홍으로 타들어간다

유혹의 향기로
외로움에 지친
고독을 달래며
익어가는 빨간 열매

싸리나무 울타리 사이
소담하고 정겨운
꽃담 길 따라 추억을 남기네

4부
세월이 흐르고

산사의 밤

어둠 내린 밤하늘에
별빛이 쏟아지고
속세의 무거워진 마음을
가슴 열어 내려놓아야지

대웅전 앞마당에
삶의 집착으로 채워진
덧없는 욕심을 내려놓고
탑돌이로 빈 가슴을 채워야지

까마득히 흐린 기억마저
이 밤에 묻어 버리고
흔들린 마음을 붙들어
긴 밤을 보내야지

산사의 적막감을
타오르는 향불에 실어 보내고
바람결에 들려오는
풍경소리 따라 떠나야지

가을이 주는 애상哀想

어스름
비 개인 새벽
아파트 베란다 너머로
낮게 깔린 운무와 함께
서늘한 바람이
성큼 다가선 가을

문득 스치는 애상哀想
가야 할 길이 멀고
너무 멀리 돌아간
시간 속으로
나만의 고독을 찾아
떠나가는 여행

어제와 같은 오늘이
낯선 풍경이 되어
모닝커피 찻잔 속에서
은하수 그리다
소리 없이
멀어져만 가는 가을

그리운 사람

처음으로 만나
마주한 순간
사랑하는 마음으로
아름다운 초원을 함께
걸어가고픈 사람

내 마음 속
가장자리
잔잔한 호수로 다가와
내 곁에 언제나
미소를 보내는 사람

그대 가슴에
행복이 새겨지고
보고픈 마음이
사랑의 목마름으로
가슴 시리게 하는 사람

내 사랑
그대의 숨결로

아름다운 추억을 엮어
행복한 사연
가슴에 가득한 사람

이 세상
목숨 다하는 날까지
오직 너와 내가
사랑과 영혼으로
함께 할 그리운 사람

오솔길

숲속 길 따라
속세의 인연인
배낭 하나 둘러메고
산사를 찾아
쉬엄쉬엄 걸어가며
덜어놓은 마음의 짐

여린 가지 사이로
쏟아지는 은빛 물결
솔밭 숲길 따라
한적한 구릉 위에
근심 걱정 덜어내고
돌아오는 입가의 미소

옹달샘 약수터
안개가 모락모락
소리 없이 피어오르고
풍경의 탄식으로
금송의 향기가
스머드는 내 마음

솔방울 홀씨
바람에 날듯
깊숙이 흐르던
속세의 인연
흩어지고 사라져도
감싸 안은 오솔길

그리운 그대

우러러볼 하늘이고
먼 별빛처럼
빛나던 그대

화선지처럼
얇고 투명한 꽃잎처럼
애처로운 그대

영혼의 속삭임으로
어루만지는
가느다란 하얀 손길 그대

희미한 불빛 아래
소리 없는 밤비에
젖어든 그대

홀로 긴긴 외로움에
눈물이 가슴에 머물다
내가 되어 흐르는 그대

여민 마음 한구석
찾아들어
강물처럼 흐르는

님이여
그리운 나의 님이시여

코스모스 길

여름의 끝자락
가을의 시작으로
숨 가쁘게 지내온 시간
산들바람에 춤을 추며
반갑게 인사하는 길

들녘에 줄지어 선
고추잠자리
한들거리며
날 오라 손짓하며
향기로 다가오는 길

황금 들판에
풍년을 기원하는
허수아비
한적한 농로길 따라
오색물결 풍경 있는 길

마음 속에 그려진
큰 눈의 갈래머리

미소짓던
짝사랑 소녀
추억으로 걸어가는 길

눈이 시린 파란 하늘
고된 농부의
흘린 땀을
갈바람에 식혀주는
코스모스 피어있는 길

인사동 거리

오가는 이의 삶을 닮아
덜 세련된 모습으로
반기는 인사동 거리
옛 향취 멋이
고스란히 머무는 거리

고귀한 숨결 따라
늘어선 가느다란 골목
작은 가게 사이사이
동무와 술잔을 기울이는
색 바랜 토속 맛집

독백의 공간 사이로
길 잃은 황혼들이
서로의 세월을 부여잡고
안주삼아 두드려 보는
흥에 겨운 젓가락 장단

기와지붕 마당 넓은 집
처마 끝 풍경소리 따라

먹거리 볼거리
구구절절한 사연 담은
천 년의 옛 정취

빨간 우체통

전하고 싶은 사연 하나
생각만으로도
행복한 사람에게
한달음에 전해 주는
마음의 안식처

사연 따라 고민하다
타들어가는 마음을
닮아 버린 빨간 우체통

바람의 사연도
모아뒀다 전해 주는
길가의 나그네
빨간 우체통

어디에 있더라도
넘치는 기쁨으로
행복 전해 주는 우체통

이 가을

단풍에 젖어
사색에 젖어
빨간 우체통에
답장 없는 편지를 보낸다

동행

어느 가을날
뜬금없이 찾아온 일탈
다녀가라는 곳도 없는데
무작정 어디론가
떠나가 버리는
미련 없는 동행

한 번쯤 다녀가고픈
숲속 어우러진 계곡
선선한 찬 기운에
방황하던 마음을 내려놓고
비우고 앉은
바람 같은 동행

가을날 흩날리는 바람결에
헝클어진 머리카락
쓸어 올리며
먼 산 바라보는 여유로
만산홍엽滿山紅葉 이 계절에
같이 하고픈 아름다운 동행

가을바람

가을 들판을 걸으면
간간이 불어오는
그대의 향기

물안개 자욱한
저편
달려가면 보일 듯 잡힐 듯
멀어져만 가고
애써 외면하면 보고픈 그대

신기루인가
그려지지도
지워지지도 않는 그대

아마도
이 가을도
그대를 잊기는
참으로
어렵겠습니다

짝사랑

그대 그림자로
멀리서 먼 곳만
바라보는 아득한 그리움

작은 새 깃털처럼
내 마음을 부드럽게 감싸며
고요히 다가온 그대여

새끼 강아지 눈망울로
애처로움 가득 담아
바라봐야만 하는 애틋한 내 마음

가을이 온 천지를
물들이듯
전하고 싶은 내 사연

거리의 카페에서
음악을 들으며
한없이 바라보고 싶은 그대

호젓한 가을 길을
이 세상 사람 다 지우고
둘이서만 함께
걸어가고 싶습니다.

까치밥

깊어가는 가을 날
저녁노을의 그윽함이 배인
중년의 여유!

깊어가는 가을 날
저녁노을의 그윽함이 배인

사색

고즈넉한 숲길 따라
구름이 일렁이고
산까치 한 마리 반기며
지절대는 산사

시공간 넘어
인생의 끝자락 움켜쥐고
생을 넘나드는
노승의 번뇌가 고달프다

살다가 떠나보내는
섭생 앞에
참회의 눈물 흘리며
소리 없이 느끼는 전율

한 맺힌 서러움에
사색의 강을 건너도
업보는 거스를 수 없는
공허함이 뼛속에 스민다

첫눈이 오는 소리

검은 구름 스산하게 몰고 와
일그러진 군상들의
분노로 가득 찬 기운
잎새 떠난 가지에 매달아
훈계하는 하얀 외침

여린 풋사랑 피우기도 전에
아물지 않은 시련의 상처로
깨어지는 실낱 같은 추억들
바람결에 날려 보내니
한 순간 흐르는 마음 속 눈물

삶의 끝을 부여잡고
비틀거리며 방황하다
홀로 지샌 외로운 밤
소리 없이 잠든 시간 사이로
피어나는 하얀 눈꽃

가는 세월이 아쉬워
뒤늦은 후회로 채근하며

닦고 닦으니
하얗게 들리는
첫눈이 오는 소리

세월이 흐르고

세월도 흐르고
강물도 흐르고
바람 따라
구름 따라
떠도는 게 인생사지

진달래 곱게 피던
봄기운에
마음을 빼앗기고

가을 만추
오색의 물감이
가슴 속 깊숙이
노을처럼 타 들어와
너울대는 물결

겨울 산 깊은 골에
묵은 해로偕老 하얗게 씻으니
수정처럼 맑은 물 따라
내가 흐른다

물욕

채울수록 허기지는 욕심
무소유의 가벼움을 모르는가?
영원한 내 것이 없다는 것을

비우면 채워지는데
나눔의 기쁨을 모르는가?
달도 차면 기운다는 것을

사리사욕에 구속된 생각
권력 앞에 무상함을 모르는가?
망가지는 아픔을

불의에 흔들리는 마음
까칠한 뒤끝이 아리지 않는가?
상처가 남는다는 것을

이제
덧없는 물욕을 유배 보낸다

가을엔

가을엔
비어 있는 마음에 떨어지는
빗소리에 용기 얻어
사랑한다는 말을
물방울 소리로 속삭이고 싶어요

가을엔
서산 노을 속으로
길 떠나는 철새에게
내 사랑
전해 달라 부탁하고 싶어요

가을엔
달밤과 별빛을 등에 업고
가는 시간이 아쉬워 우는
쓰르라미의 목청에
내 울음 담아 전하고 싶어요

5부

쉬었다 가세요

쉬었다 가세요

마루에 걸터앉아
지나가는 길손마다
쉬었다 가시라
안부 묻는 주인에
못이기는 척 마주하는
달콤한 만남의 대화

인생만사 미루어두고
한숨 돌리는 휴식
팔자에 없는 근심걱정
세상사 살아가는
서로의 인연 엮어가며
주고받는 소설 같은 이야기

저녁나절 해거름 판에
술이나 한잔 하면서
깊은 시름 접고
잠시 쉬었다 가는 여유로
뒤돌아보는
갈 길 먼 인생

봄처럼

봄눈이 녹으면
여린 생명들이
신기루처럼 기운을 얻고
땅 속에서 촉을 내미는 희망希望

땅에서 쉼 없이 퍼 올리면
공중에서 스물스물 약동하는
아지랑이 꽃 정열情熱

인적 없는 골짜기에도
나뭇가지마다
생명을 움틔우는 버들강아지
봄을 깨워 피어나는
젊은 가슴 속에 펼쳐진 대지大地

광활한 대자연 속에
언제나 처음처럼
청춘의 불꽃으로 타올라
피 토하듯 끓어 오른 야망野望

날이면 날마다

떠오르는 태양보다 먼저 일어나
후미진 골목보다
더 애처로이
구부러진 허리로
밥값을 찾아 나서는
老人

날이면 날마다
삼백예순 날
하루도 거르지 않고
인생의 굴곡진 삶을 돌아
오늘도 질긴 목숨 부지하는
死鬪

동정도 동냥도 싫어
내 스스로
몸뚱이 움직일 수 있는 만큼
돈이든 파지든 보이는 대로
하루도 거르지 않는
誠實

손자 녀석
학용품이라도 사 주고파
담배 한 모금에
깊은 시름 덜고
소주 한 병에 위안 삼는
幸福

행복이 가득한 집

자명종 소리로 분주하게 새벽을 열고
기지개 켜고 눈 비비며 하품하는
맹한 얼굴의 가족들
밤새 안녕의 인사만으로
얼마나 반가운가?

늘 닦아서 반짝이는 화초 이파리
내리쬐는 햇볕을 머금은 나무
이제 눈에 익은 낡은 식탁에 앉아
커피 한 잔의 여유는
얼마나 아름다운가?

오늘 편안한 보금자리에서
서로를 닮은 식구들이
따뜻한 저녁밥상을 맞이하는
가족이란 이름만으로
얼마나 행복한가?

베란다 철창에 걸린
보름달 따라 마실 나온 별빛으로

늙으신 부모님 생각에 늦은 밤
안부 전하는 이 밤이
얼마나 여유로운가?

그래 맞아

가장 낮은 길바닥에
젖은 신문지보다 더 낮은 자세로
살아가는 고달픈 인생
작은 소원 하나 이루려고
희망의 불씨 지피는 사람들의
위안
그래 맞아

말 못할 사정으로
길거리에 나앉아
병으로 쓰러지고
행색은 남루해도
반가운 마음으로 만난 가족들과
등 다독이며 위로하는 말
그래 맞아

서로를 부둥켜안으며
연민의 손을 잡고
인연으로 만난 이 세상
사랑으로 감싸주며

인정을 베풀면서
서로의 힘이 되는
긍정적인 말
그래 맞아

비

오늘은 비를 맞으며
온몸으로 젖고 싶다
그렇게 흠뻑 젖고 나면
마음 속까지
스며들지 않겠는가?

몸도 마음도 비에 젖어
안팎이 같아지면
메마른 대지에 숨은
나의 허영이
드러나지 않겠는가?

순수의 영혼으로 돌아가
가식을 훌훌 벗어 버리고 싶다
비에 불리어 마음의 때를 벗기면
초록으로
돌아가지 않겠는가?

비를 맞으면 맞는 대로
그렇게 즐기고 싶다

위선으로 교만해진 내가
어찌 순수로
돌아갈 수 있단 말인가?

비에 젖어 촉촉한 마음으로
나를 누르고 있는
번민을 비운다

황혼이 오기 전에

내 인생에 황혼이 오기 전에
나는 나에게
나를 위해
많은 일들을 해야겠습니다

가족들을 사랑하고
부지런히 살며

하고 싶은 일을 하고
해야 할 일을 하며

하루하루 최선을 다하고
기쁨으로 아름답게 살며

사람들에 상처 주지 않고
부끄럽지 않은 삶을 살며

내 인생을 아름답게 가꾸고
행동하는 양심으로 살며

내 인생에 황혼이 오기 전에
나는 나에게
나를 위해
많은 일들을 했다고 하겠습니다

사람

바람처럼 왔다가
홀연히 떠나가는
독백의 시간처럼
제자리를 지키는
외로운 사람

먼 길 떠나가는
어린 자식 걱정에
밤을 지새우다
불을 지펴 꽃 피우는
사랑하는 사람

저녁 바람에
문풍지 사이로
들어오는 한기를
온몸으로 막아 내는
온정의 사람

굴곡진 세상
풍파에 시달려도

보이지 않는 눈물
마음 속으로 삭이는
슬픈 사람

영웅이 될 수 없는
보통의 사람으로
언제나 그 자리에 있는
기둥 같은 사람

모정

고향 하늘에 떠오르던
한가위 보름달처럼
넉넉한 인심으로
거두어 먹이시던
밥상머리 모정

어미닭 모이 찾듯
쉬지 않고 발품 팔아
건강한 먹거리를
챙겨 주시던
밥상머리 모정

처마 밑 제비새끼처럼
입만 쩍쩍 벌려도
몸과 마음 살찌우려
가시 발라 먹이시던
밥상머리 모정

제 밥상 찾아
정글의 하이에나처럼

어슬렁 어슬렁 떠돌다가
밥상머리 모정을
쉰 나이 가까워서야
생각하는 모정의 자식

늦은 귀가

일찍 집으로 돌아가는 게
세상에 지는 것 같아
칠흑 같은 밤길을 서성거리며
오늘은 어디로 갈까
어둠내리는
쓸쓸한 이 밤

온갖 궁상들에 시달린
더러워진 상처를 감추려
도둑고양이 담을 넘듯
숨죽이며
들어가는 이 밤

네온사인 불 밝힌 거리
횡단보도 야식집 할머니
하루 안부를 묻고
술에 취하고 세상에 시달려도
서로를 위해
위로하는 이 밤

가족의 품으로 돌아가
안식처가 주는 포근함을
원 없이 누리려
불을 온방에 밝혀두고
어둠 속에 나를
구원하는 이 밤

고향 생각

낯선 마을을 지나다
함석지붕 처마 밑에 매달린
시래기 무청을 보니
고향이 그리워집니다

굽은 허리 고개 숙여 무엇을 줍는지
눈길로만 인사하는
늙은 아낙을 보니
고향 어머니가 생각납니다

노을빛에 그을린 초가지붕 너머로
밥 짓는 연기가 피어오르고
시래기 된장국 뜨끈한 향내가
고향으로 마음을 내달리게 합니다

아랫목에
군불을 지피고
옛날 이야기 듣던 때가
생각납니다.

굴곡진 삶

구부러진 길을 가면
이름 모를 민초를 만나고
온정도 나눌 수 있는
삶

동네 골목길 울타리 너머로
외양간 누렁 소
밥 달라 주인 부르고
어린 송아지 방울소리 들을 수 있는
삶

구부러진 인생길은 산을 품고
마음 꽃밭에 들꽃을 안고
울퉁불퉁 돌고 돌아서 가는
삶

등 굽어진 굴곡진 삶 속에
사람 사는 재미와 향기가 있고
주름진 그 골에 사랑을 품고 있는
삶

한순간

스쳐 지나는 한순간에
사랑이 잉태되고
인연이 되듯
소나기 장대비도
지나고 나면
청명한 하늘이 열린다

하찮은 사연 하나
간절한 소원 빌며
종이배 냇물에 띄우듯이
쏟아지는 비난도
지나고 나면
마음에 평온이 찾아온다

햇살에 드리운 영화도
살다 보면 한순간
종이비행기 접어 날리듯
허공 속에 외침으로
지나고 나면
내일의 태양이 떠오른다

이월 애愛

손가락 발가락
같은 크기 없지만
약지손가락 인생 2월

새해가 엊그제 같은데
잠시 스쳐 지나가는
바람 앞에 선 등불 2월

뒷동산 매화나무
꽃망울이 움트는데
빈자리 많아도 채워주는 2월

비어 있던 그 자리
모자란 듯이 빙그레
미소를 보내주는 2월

허물을 벗어 버리고
존재의 이유로
속살을 보여주는 2월

살아 간다는 것은

살아 간다는 것은
홀로 된다는 것

언젠가 내 가슴 속에
나를 묻고 저물어 간다는 것

슬픈 사랑이 찾아와
상처가 되어 노래가 된다는 것

기쁨과 환희가 찾아와도
떠나면 허전하다는 것

하루가 지나고 나면
내일은 내일의 태양이 뜬다는 것

흐린 기억 속에
나를 감싸 안고 낮은 곳에 임하는 것

살아 간다는 것은
나를 알아 가는 것

눈물

소리 질러 운다고
네 눈물의 의미를 알 줄 아느냐
눈물을 흘리지 않는다고
너의 번뇌를 모를 것 같더냐

우는 모습 숨긴들
촉촉한 네 표정이 말을 하고
눈물을 흘린들 냉소를 머금은
네 눈동자가 말을 하더라

아픈 가슴에 소주를 끼얹는다고
네 사연이 사그라지고
고래고래 소리 지른다고
그 슬픔이 잊혀질 것 같더냐

두 손을 부여잡고 허공에 외쳐도
돌아오는 것은 빈 메아리뿐
언제까지나 꺼지지 않는 장작불로
살 것 같더냐

초가집

군불에 익으며 묵은내로 유혹하는 것은
초가지붕 아래 흙벽

문풍지를 울리는
겨울바람 이겨내고
맑게 핀 것은 담장의 인동초

정제 간 가마솥 부뚜막에서
졸다가 맞이하는 놈은
곰살맞은 똥강아지

초가지붕 대들보마냥
그 자리를 지키며
맞아주시는 분은 내 어머니

우물가 장독대 위 소복한 흰 눈에 새긴
내 이름을 찾아

나는 지금
초가집으로 가는 중

자기 인식과 회귀 그리고 정체성의 확인

— 김성열 시집詩集《소나기 지나간 자리》의 시적 세계

한상렬 | 문학평론가

1. 프롤로그─김성열의 시적 발화점 찾기

호라티우스는 "시인은 가르치거나 즐거움을 준다. 그리고 최상의 경우 유익함과 감미로움을 어우른다"라고 했다. 대개의 문학원론은 이를 긍정적으로 원용하고 있다. 가르치기 위해서는 즐거움을 주어야 하고, 즐거움을 주기 위해서는 가르쳐 주어야 한다는 말이겠다.

여기서 우리는 문학이 가르친다고 할 때, 그 뜻을 폭넓게 받아들여야 할 것이다. 새로운 사실을 인지하거나 막연히 알고 있던 사실을 새롭게 재확인할 때 비로소 한 편의 시는 독자에게 서늘한 즐거움을 경험하게 한다.

예술의 일반적 특성의 하나는 바로 향수자에게 즐거움을 안겨주는 일이다. 이때 즐거움의 수준은 제각기여서 전율적 감동이나 고양감高揚感으로부터 그저 무료함을 달래주는 정도의 소일거리 수준에 이르기까지 천차만별하다. 어떻든 그

즐거움은 자체가 선善이며, 이를 제외하고는 인간 행복을 기대할 수는 없을 것이다.

디지털 시대는 독자로부터 시를 빼앗아갔고 소설 역시 탈취해 갔다. 시가 만발했던 광장의 시간적 전면에는 문화적 관용의 시대가 걸려 있었다. 저널리즘의 과장도 한몫 했겠지만, 현실과 문학의 동시적 갱신이 '시의 시대'를 형성해 왔다. 하지만 오늘 우리 문단을 목도하면 문학의 죽음은 가시적 현상으로 그 절정을 향해 치닫고 있지 않나 싶다.

무엇보다도 문제는 문학이 대중성과 만나 내재적 모더니티를 차츰 잃어가고 있다는 데 있다. 그래 '시의 죽음'이라는 담론마저 무성하기까지 하다. 영상산업의 발달과 인터넷과 같은 매체의 출현이 대중문화라는 포괄적 의미 안에 고전적 시의 자리를 위태롭게 하기 시작해서였을 것이다.

이런 변화의 시대에 작가 김성열의 시집詩集《소나기 지나간 자리》는 낭만의 회복과 자아 확인을 통해 '나'라는 정체성을 확인하게 해 준다. 그의 시편은 회귀의 공간을 서정의 메타포로 치환함으로써 삶에 뿌리내린 애정과 정체성을 확인케 해 주며, 한 편으로는 의미 공간의 확대라는 시적 이미지를 통해 독자로 하여금 감흥에 젖게 한다.

작가 김성열, 그는 시인이기에 앞서 수필작가이다. 그에게 있어 시가 먼저냐, 수필이 먼저냐 하는 단순한 서열은 무의미하다. 그에게 시작詩作은 문학에의 최초의 눈뜸이었다. 하지만 그는 수필문학의 입문으로 작가의 길에 들어섰고, 이제 뒤늦게 시단에 데뷔하여 시선집《소나기 지나간 자리》를 상재하게 된 것이 거간의 작가의 발자취라 하겠다.

궁벽한 산골 전라북도 장수는 그의 고향이다. 그런 그가 지금은 경기도 분당에서 '프롬써어티(주)' 라는 선진 기술을 통한 반도체 ATE 전문 기업의 대표이사로, 남서울대학교 경영학과 교수로 재직하고 있다. 전문 사업가로의 기술 혁신과 병행한 교육 현장에서의 가르침, 그리고 사회 기여를 위한 여러 선행들은 그의 인간됨을 보여준다. 그래서 그가 문학의 길에 들어선 것은 어쩌면 다행한 일이지 싶다. 이런 작가의 창작적 인자들은 그의 작품세계에서 자연 시세계로 유로될 것이 자명하다. 작가에게 있어 그가 어떤 장르에 매달리고 있는가는 그리 중요한 문제가 아닐 것이다. 더구나 등단이라는 요식행위도 때로는 무연한 일이기도 하다. 그래선가. 그는 수필작가로 등단하기에 앞서 이미 처녀수필집《꿈을 찾아 떠난 여행》을 상재하였고, 이번에는 등단과 동시에 시집을 간행하기에 이르렀다. 앞서가는 작가인가?아니면 그가 인문학에 앞서 자연과학을 전공한 탓인가. 그보다는 시간을 앞 다투는, 세상일에 항상 전투적인 사유의 세계를 지녀서인지도 모르겠다.

필자에게 작품 해설을 부탁한 일련의 시편들은 한 마디로 자기 인식과 회귀의 축, 그리고 정체성의 확인이라는 또 다른 축의 교직이었다. 이제 그의 시편에 담겨 있는 회귀의 공간과 삶에 뿌리내린 애정과 정체성의 확인, 의미 공간 확대의 구체적 장면을 밝혀 보고자 한다.

2. 회귀의 공간, 서정 치환의 메타포

산업화와 도시화의 물결은 인간의 의식 구조를 탈바꿈시켜 놓았다. 그리하여 21세기라는 이 거대한 변혁의 시대는 눈 깜짝할 사이에 디지털 시대로 바꾸어 놓았다. 이제 인간은 기계에 예속된 부속품 모양 인간적인 것들을 깡그리 무너뜨려가고 있다.

그리하여 자연이 인간의 마음을 지배하던 시대는 지나갔고, 대신 기계문명이라는 거대한 첨탑뿐 아니라, 사회와 정치가 날로 인간의 의식을 지배하는 시대로 변모해 가고 있다. 시인들을 매혹시켰던 아름다움이나 신비로움, 그리고 황홀함까지도 이제는 향수처럼 남아 있다.

밤새/ 소리 없이 내린 눈// 세상/ 비웃음거리/ 온통 새하얗게 덮고/ 오만하고 화려했던 산하/ 애증의 침묵으로 지켜본다// 눈 덮인/ 하얀 순백의 낙원// 마음 속/ 깊은 자리/ 어지러운 마음을 비우고/ 신선한 충격으로/ 공허한 세상을 바라본다// 포근히/ 감싸 안은 산하// 새하얀 눈처럼/ 모든 생각이 새로워지고/ 빈 곳을 채워 주는/ 독백으로/ 흘러가는 구름이고 싶다

─〈눈 덮인 산하〉 전문

그의 등단작품이다. 그의 작품 중 상당수는 이렇게 원초적 출발에 있어 아름답던 과거에 대한 회상을 단초로 하고 있다. 그러나 그의 시가 여타의 시인의 경우와 차별화 되는 것은 그의 시 속에 내재되어 있는 상실과 파괴, 그리고 초월의 의지라 하겠다. 이런 경향성은 아마도 그가 체험한 개인적인 고통과 수난에서 기인한 것일지도 모른다.

시인은 이런 고난의 장벽을 넘기 위한 초월적 심리를 서정

으로 치환하는 메타포를 구사하고 있다. 밤새 내린 눈이 추악한 세상의 모든 것을 덮어 버리고 순백으로 감싸 안은 산하山河. 여기 산하는 그저 '자연'으로서의 공간적 대상만이 아닌 삶의 현장일 것이다.

그런데 그 현장엔 공허만이 가득하다. 그렇기에 비움과 채움이라는 상반된 이미지의 결합은 선지향적인 시인의 소망일 것이다. 인문학과 자연과학을 교직하여 통섭通涉이라는 새로움에 눈뜨듯 시적 화자는 서정적 치환의 메타포를 구사함으로써 낭만의 회귀에 천착하고 있다.

롤랑 바르트Roland Barthes는 문학을 "사물의 의미 전달이 아니라 의미화"라고 보았다. 시인에게 있어 '공간'에 대한 이미지는 고단한 삶으로부터의 자유로움을 획득하기 위한 지난한 몸부림일 게 분명하다.

그래 김성열의 시편에는 야콥슨Jakobson의 언명과 같은 삶의 '진실'이나 '리얼리티'가 묻어나온다.

틈바구니에/ 홀씨 하나 날아들어/ 잉태된 개념// 상실한 공기 사이/ 공허함 채워 주는/ 행복 가득한 허상// 사이사이/ 동석의 인연 되어/ 만끽하는 만찬// 시공간 초월하여/ 마주하는 세상사/ 다시 보는 회상

―〈공간〉 전문

이렇게 시인 김성열이 부려 쓰는 언표言表들은 다분히 추상적이면서 상징적이다. 생각해 보라. 우리네 삶은 시간과 공간에서 언제나 자유롭지 못하다. 홀씨 하나가 틈바구니에 날아

들어 '잉태한 개념'이란 메타포는 무량한 공간에 비움을 통한 채워 넣기의 흔적일 것이다. 이는 시간과 공간을 가로지르는 회귀의 공간에의 자각이요, 자아 성찰일 게 분명하다. 이를 균열이라 본다면, "모든 것은 심연abime에 의해서 시작된다"는 들뢰즈Deleuze의 말을 연상하게 한다. 그렇기에 '행복 가득한 허상'이란 언표는 추상적 형태의 '있음'과 '없음'에 대한 분석이요, 암묵적 담론이 된다.

둘러보면 우리는 수많은 언표들로 형성되어 있는 현실 속에서 삶을 이어간다. 이들 언표에는 김성열의 시집《소나기 지나간 자리》에서 보듯 〈조약돌〉, 〈소나기〉, 〈쑥부쟁이〉, 〈세상살이〉, 〈빨간 우체통〉, 〈오솔길〉 등 자연발생적인 것들도 있고 〈사색〉, 〈흔적〉, 〈용서〉, 〈공간〉, 〈동행〉 등과 같은 인위적 언표들도 있다.

여기서 무언가를 이해한다는 것은 이성 속에 녹여 넣음을 말한다. 즉 감성적 언표들을 개념적 언표 속에 용해시키는 작용이다. 하여 바슐라르Gaston Bachelard는 과학적 인식이 성립하기 위해서는 개념적 언표들이 우리의 경험을 구성하는 감성적 언표들과 불연속적으로 성립해야 함을 강조했다.

김성열의 시편은 이런 비교존재론을 상기하게 한다. 그의 시에서는 감성적 언표로부터 단절되는 특정한 개념적 언표들을 코드로 탐색해 낼 수 있다.

언덕배기 미루나무/ 기적소리 놀라/ 소스라칩니다/ 덜컹덜컹/ 사연을 흘리며 떠나가는/ 기차를 보고// 더도 말고 덜도 말고/ 그 시간 그 자리에/ 전해 주는 사연 하나/ 플랫폼에 떨어뜨리고/ 돌

아서는 기차// 길 떠나가 버린/ 그대 생각에/ 기다림의 상처로/
귓가에 맴도는/ 기차의 기적소리

−〈간이역 · 1〉 전문

　‘사연을 흘리며 떠나가는’, 비움과 없음이란 허무의 상념은
그래도 ‘기다림의 상처로 귓가에 맴도는’ 기적소리를 통해
상실의 아픔을 초극한다. 시인은 자신에게 주어진 삶의 조건
과 그에 대응하는 세계의 이질성을 견주어 보면서, 각박한 현
실을 헤집고 정신적 안식의 공간을 구획하고 있는가 하면, 그
공간의 진폭을 넓혀서 우주론적 신비주의나 현실적 상황에
적절히 대처할 수 있는 선지향의 영역으로 광활한 지역까지
의 시선을 보여준다. 즉 〈흔적〉, 〈경계〉, 〈조약돌〉, 〈바위절
벽〉, 〈세월이 흐르고〉, 〈물욕〉, 〈황혼이 오기 전에〉, 〈굴곡진
삶〉 등의 시편에서 보듯 삶의 현장에서 바라보는 존재의 규명
과 자아응시를 통한 자기 성찰과 삶의 다양한 포즈가 나타난
다. 또한 〈낡은 벤치의 회상〉, 〈풋사랑〉, 〈우물가 장독대〉, 〈코
스모스 길〉에서는 유년의 그림자에서 발견되는 선지향적 삶
의 태도를 형상화하고 있다.
　그래 그의 시편을 음미하다 보면 대상을 바라보는 시인의
다양한 포즈를 탐색하게 한다. 이는 우리의 삶이 일상적 삶을
벗어날 수 없는 동심원임을 감지하게 하며, 그 안에서 일구어
야 하는 선지향적 삶의 소망이 독자의 가슴을 촉촉이 적셔 준
다. 회귀의 공간을 서정으로 치환하는 그의 시편이 지닌 메타
포는 독자의 가슴에 우수의 그늘을 드리우게 하면서도 존재
의 확인이라는 치환의 기쁨을 메시지로 전달하고 있다.

3. 삶에 뿌리내린 애정과 정체성의 확인

　김성열의 시는 간결하면서도 함축적이고 메타포의 차용이 탁월하다. 더러 정제되지 못한 시편들도 없지 않지만, 시인의 고통 어린 삶이 응축된 시편에서는 시적 기교의 특별함을 보여준다. 이는 그의 시가 삶의 진정성에 기인하고 있으며, 삶에 뿌리 내린 애정 때문일 것이다. 폴 발레리Paul Valery는 "서정시는 외침소리를 발전시킨 것이다."라고 말했지만, 그의 시는 다분히 서정성을 띄면서도 감정노출을 자제하고 있다. 이른바 유장한 감성을 지니면서도 그 안에 적절한 메타포를 구사하고 있다.

　숨 막히도록 짓누르는 오후/ 검은 구름이 몰려와/ 한바탕 뒤흔들고 지나간/ 고요의 산천// 촉촉하게 머금은 숲속/ 나뭇잎이 옷깃을 여미고/ 침묵으로 기다리던/ 부산한 산새들의 몸짓// 쉬엄쉬엄 목을 축이고/ 인생사를 얘기하며/ 무더운 길 넘어가는/ 능수버들 십리// 소나기 지나간 자리/ 굴뚝연기에 사라진/ 희뿌연 기억들을 되돌려/ 어디론가 재촉하는 발길// 침묵으로/ 땅거미 내려앉은 산마루/ 구름 따라 꿈을 찾아/ 주저할 수 없는 방랑자

―〈소나기 지나간 자리〉 전문

　시인은 노마드Nomad인가. 시인의 정서는 언제나 방랑자와도 흡사한 사유의 세계를 펼치고 있다. '어디론가 재촉하는 발길', '구름 따라 꿈을 찾아' 가는 유랑인인지도 모른다. 이런 고독이 낭만을 지향하고 현실을 떠난 초월의 세계를 지향하

는 듯 보여도, 실상 시인의 시선은 바로 현실에 착목하고 있다. 그러므로 그의 시편은 현실과 유리된 공허한 세계가 아니라, 현실과 맞서 뒹구는 생생하게 살아 움직이는 뜨거운 열정을 지니게 된다. 김성열의 시를 이해하기 위한 출발점이자 발화점이기도 하다.

군불에 익으며/ 묵은내로 유혹하는 것은/ 초가지붕 아래 흙벽// 문풍지를 울리는/ 겨울바람 이겨내고/ 맑게 핀 것은 담장의 인동초// 정제 간 가마솥 부뚜막에서/ 졸다가 맞이하는 놈은/ 곰살맞은 똥강아지// 초가지붕 대들보마냥/ 그 자리를 지키며/ 맞아주시는 분은 내 어머니// 우물가 장독대 위/ 소복한 흰 눈에 새긴/ 내 이름을 찾아// 나는 지금/ 초가집으로 가는 중

―〈초가집〉 전문

인동초, 그렇다. 시인의 삶의 역정은 겨울을 이겨내는 인동초를 닮았다. "정제 간 가마솥 부뚜막에서/ 졸다가 맞이하는 놈"은 시적 화자의 어머니일 게 분명하다. 이런 시적 대유는 평범한 시어로 직조한 듯 보이는 그의 시편들이 갖는 매력일 것이다. 초가집을 가는 길, 화자를 기다리는 어머니. 화폭은 비록 무채색으로 얼룩져 있지만 따뜻하기 그지없다. 시인의 고향 찾기는 그래서 인동초 같은 황량하고 고단함이 묻어나지만 삶에 뿌리내린 노마드의 따스한 인정을 느끼게 하며, 자아 정체성의 확인을 감지하게 한다.

구름이 휘어 감도는/ 갈대숲길 따라/ 파르란 하늘 이고/ 내 마

음 깊은 곳/ 강물 되어 흐른다// 언제부터인가/ 주저리 긴 세월/ 나그네 발길처럼/ 흐르고 흘러/ 희망이 되고// 어려운 사랑 하나/ 무리 속에/ 짊어지고 껴안은 채/ 먼 길 찾는/ 외로운 강물이 된다 // 무지개 빛깔/ 고운 꿈 찾아/ 떠나가는 용틀임/ 먹먹한 시린 사연/ 묻어두고 간 자리// 굽이굽이/ 돌고 돌아선/ 하늘이 양심이고 / 사랑으로 잉태된 나눔/ 누군가에게 정情이 되어 흐른다

―〈구름 따라 흐르는 강〉 전문

세월이란 강물에 흘려 버릴 수 없는 파편화된 삶의 일상들. 마치 각본 없는 삶을 이어가듯 방향감조차 상실한 조각난 어제를 되돌아보며, 시인은 자신이 가고 있는 '삶의 길'을 반추한다. 시인의 마음 깊은 곳에 휘장처럼 외로운 강물이 흐른다. 비록 나그네의 발길처럼 고단하지만 그런 삶에 뿌리내리는 것은 희망이다. 절망 속에서 찾는 희망이다. 돌아보면 굽이마다 먹먹하고 시린 사연들이 점철하여 있지만 '사랑으로 잉태한 나눔'이 그리고 '누군가에게 정이 되어' 흐름을 알기에 그는 내적 감각으로 자기 성찰에 침잠하게 한다.

살아 간다는 것은/ 홀로 된다는 것// 언젠가 내 가슴 속에/ 나를 묻고 저물어 간다는 것// 슬픈 사랑이 찾아와/ 상처가 되어 노래가 된다는 것// 기쁨과 환희가 찾아와도/ 떠나면 허전하다는 것// 하루가 지나고 나면/ 내일은 내일의 태양이 뜬다는 것// 흐린 기억 속에/ 나를 감싸 안고 낮은 곳에 임하는 것// 살아 간다는 것은 / 나를 알아 가는 것

―〈살아 간다는 것은〉 전문

돌아보면 후회할 일이 너무도 많은 세상에 그림자처럼 스쳐 지나간 어제의 일들이 명멸明滅할 때마다 시인은 후회보다 더 끈질긴 삶의 의지에 천착하고 있다. 비록 수많은 밤잠 못 이룰지라도 새벽이 되면 반드시 아침이 온다는 그 단순한 이치가 시인에게는 삶의 희망이요, 또 다른 의지의 근원이 된다. 그래 그는 때때로 바람이고 싶다. 욕망이나 소망은 언제나 대상적이고 소유적이라고 마르셀Marcel은 말했듯, 희망이란 '존재에의 힘' 이다. 살되 무엇 때문에 살며, 어떻게 살아야 하는지의 의문은 바로 실존과 연결된다. 시인은 이런 실존적 자각을 그의 시편에서 형상화하고 있다고 하겠다.

4. 의미 공간의 확대

시인의 생각의 계기는 자연현상과 시간적 추이를 따라가며 우주 안에 내재한 삶을 성찰하게 한다. 때문에 김성열의 시적 이미지는 서정성이 농후한 유장한 감성을 표출하고 있다. 자칫 감정 노출의 극대화로 회의와 부정적 이미지의 생산을 초래할 염려가 없지 않으나, 시인은 그런 감정을 절제하면서도 사뭇 깊이 있고 그윽한 시적 분위기를 연출해 내고 있다.

문학이 현실을 어찌 반영하는가? 문학이 현실을 반영한다면 과연 어떤 모습일까? 우리는 작가와 문학작품 그리고 독자와의 삼각관계 속에서 이런 질문에 대한 해답을 찾아야 할 것이다. 에이브럼즈Abrams의 도식과 같이 문학작품은 우주나 자연, 예술가와 청중이라는 관계 속에서 어디에 관심이 집중되느냐에 따라 달라진다. 김성열의 시편은 다분히 이런 현실에 시선을 정박하고 있다.

　그러나 그의 사유적 공간의 원천은 분명히 우리가 딛고 있는 땅이다. "세상사 돌아보면 고마움이 태산처럼 높고/ 감사해야 할 일들이 강을 이루어/ 굽이굽이 돌아가 나누어야 할 빚이기에/ 나를 지키려고 글을 쓴다"라는 머리글의 시인의 말과 같이 그의 시는 소박하다. 애써 꾸미려 하지 않고 마음 안에서 분출하는 시적 감흥을 여과 없이 쏟아낸다. 하지만 그의 시편은 고정된 시선에서 한 발 물러난 사유의 샘이 유장하게 흘러간다.

　미루나무 길 따라/ 늘어선 철로 위로/ 한 폭의 풍경화가 펼쳐지고// 눈감은 영감靈感 속에/ 지나간 추억이/ 파노라마처럼 다가온 간이역// 아무도 오지 않는/ 공허한 대합실에/ 비에 젖은 지친 마음을 기대고// 인적마저 끊기어/ 기적소리마저 젖어 버린/ 비 오는 간이역// 완행열차 타고/ 그리운 사람 찾아/ 낯선 여행을 떠나고// 기다림에 지친/ 노파의 마음을 안고/ 돌아온 간이역

−〈간이역 · 2〉 전문

　현대문명의 임계점臨界點에서 우리가 살아 남기 위한 방법은 생명의 구제다. 생명을 구제하는 것은 돈도 권력도 아닌 바이오필라Biophilia, 생명애와 토포필리아Topophilia, 즉 공간애다. '간이역'은 바로 그 임계점이 아닐까. 완행열차를 타고 그리운 사람을 찾아 나서는 길. 그리고 기다림에 지친 노파의 마음을 안고 돌아오는 곳. 바로 그곳이 우리가 삶을 이어가는 현장일 것이다. 그 공간애는 시인의 의미의 공간이요, 김성열의

시가 자리잡고 있는 공간 확대의 현장일 것이다. 그의 또 다른 시편 〈고향 생각〉, 〈저녁노을〉, 〈지평선 넘어〉, 〈오솔길〉, 〈인사동 거리〉에서도 이런 공간애가 구체화되고 있음은 낭만의 회복이요, 존재파악의 시편일 것이다.

세상을 탓하고 싶거든/ 부서지는 파도 속에/ 내가 있다 생각하라/ 모진 풍랑 속에/ 세상 사람들과 부딪히며/ 낮은 곳으로 임하는 파고가 있다// 하얗게 부서지고 깨져도/ 잔잔하게 자리잡은 수평선이/ 나의 미래라 생각하라/ 어둡고 막막한 여정 속에/ 좋은 인연들과 정을 나누면/ 자신을 밝히는 등불이 된다// 포기하고 싶거든/ 어떤 것을 가졌는지/ 어떻게 가졌는지를 생각해라/ 저 멀리 가물거리는 바위도/ 세월의 모진 풍파 홀로 견디어/ 아름다운 자태로 솟아 있는 것이다

—〈세상살이〉 전문

〈세상살이〉에서 보듯 그의 시는 토포필리아, 공간애와 거리를 좁히고 있다. 여기 공간애는 그저 장소를 의미하지만은 않는다. 공간애의 전제는 생명애인 바이오필리아와 통한다. "세상을 탓하고 싶거든/ 부서지는 파도 속에/ 내가 있다 생각하라"는 전언은 김성열의 시편이 추상화되거나 상징적이기보다는 공간 의미의 확대라고 보아야 할 것이다.

어쩌면 시인의 바람은 사랑이요, 이상일 것이다. 그러나 시인은 현실을 직시하고 있다. 그래 시인으로 하여금 눈감게 한다. 아름답게 보이지만 실상은 그렇지 못하다. 이런 이중성이 독자를 슬픔에 빠지게 한다. 물질문명이 만든 거대한 첨탑은

외적 성장 속에 엄청난 비극을 잉태한다. 양적 팽창이 질적 성
장을 가져오지 못하는 비극성. 그래 시인은 슬픔을 느끼지 않
을 수 없다. 시적 화자의 감상은 그만의 것이 아니라, 우리 모
두가 공유하는 현대라는 시대적 아이러니일 것이다.

> 떠나간 님 그리워/ 장독대 정안수로/ 백일기도 드리우고/ 못 나
> 눈 정 이으며/ 피고 지고 피고 지고/ 기다리는 인생// 백일을 붉게
> 피워/ 소망을 말해 놓고/ 후회하는 시련/ 참회의 눈물로/ 하나둘 무
> 상함을/ 알아가는 인생// 꽃보다 아름다운/ 곱게 물든 사연/ 소담
> 한 산천은/ 나를 보고 오라 하니/ 인생만사 백일홍/ 욕심을 버리자
>
> ―〈백일홍 인생〉 전문

김성열의 일련의 시 〈백일홍 인생〉에서 보듯 그의 시편에
는 자연현상과 꽃을 소재로 한 시편이 다수 등장한다. 〈아카
시아 향기〉, 〈쑥부쟁이〉, 〈찔레꽃〉, 〈넝쿨장미〉, 〈패랭이꽃〉,
〈까치밥〉에서 보듯 외연으로서의 기표가 아니다. 소재를 패
러디하면서 현실직시의 비판적 의식까지 포용하고 있다. 그
래 시인의 소망은 인간회복이라는 절체절명의 메시지를 담아
내고 있다고 하겠다.
　이렇듯 시인은 그 소재를 통해 감각세계의 세밀한 관찰과
상상력을 접합하여 의미 공간의 확대를 보여주고 있다.

5. 에필로그―나가기

지금까지 김성열의 시집 《소나기 지나간 자리》의 시세계를

'자기 인식과 회귀 그리고 정체성의 확인'으로 보고, 발화점 찾기를 통해 시적 화자의 언표를 중심으로 생각의 계기와 시적 언표를 통해 이루어지는 자기 인식과 회귀의 공간에서의 자기 정체성의 확인 과정을 찾아보고자 하였다.

한 마디로 김성열의 시편들은 호라티우스의 언명과 같이 시를 읽는 서늘한 즐거움을 우리에게 주고 있다. 무엇보다도 김성열의 시집詩集《소나기 지나간 자리》는 낭만의 회복과 자아 확인을 통해 '나'라는 정체성을 확인하게 해 준다. 그의 시편은 회귀의 공간을 서정의 메타포로 치환함으로써 삶에 뿌리내린 애정과 정체성을 확인하게 해 주며, 한 편으로는 의미 공간의 확대라는 시적 이미지를 통해 독자로 하여금 시적 감흥에 젖게 한다.

또한 그의 시편들은 언뜻 평범한 일상적 소재를 취택하여 시상을 전개하고 있는 듯 보이지만, 실상 시인의 내밀한 세계의 깊이를 감지하게 하며, 삶의 현장에서 바라보는 존재의 규명과 자아응시를 통한 자기 성찰과 삶의 다양한 포즈를 탐색하게 한다. 이는 우리의 삶이 일상적 삶을 벗어날 수 없는 동심원을 감지하게 하며, 그 안에서 일구어야 하는 선 지향적 삶의 소망이 독자의 가슴을 촉촉이 적셔주고도 남음이 있으리라 여겨진다. 한 편의 시가 병들고 가슴 아파하는 우리들의 마음을 얼마나 정화시켜 주는가를 김성열의 시편들은 보여주고 있다고 하겠다. 시인의 앞으로의 행보를 지켜볼 일이겠다.

소나기 지나간 자리

지은이 / 김성열
펴낸이 / 김정희
펴낸곳 / **지구문학**

110-122, 서울시 종로구 종로2가 39 뉴파고다빌딩 215호
전화 / (02)764-9679
팩스 / (02)764-7082

등록 / 제1-A2301호(1998. 3. 19)

초판발행일 / 2011년 12월 1일

ⓒ 2011 김성열 Printed in KOREA

값 10,000원

E-mail/jigumunhak@hanmail.net

※잘못된 책은 바꿔드립니다.
※저자와의 협약으로 인지는 생략합니다.

ISBN 978-89-89240-45-7 03810